GABRIELLE DE PASSI,

PARODIE

DE

GABRIELLE DE VERGI,

EN UN ACTE,

EN PROSE ET EN VAUDEVILLES.

Repréſentée, pour la premiere fois, par les Comédiens Italiens ordinaires du Roi, le 30 Août 1777.

Prix 1 livre 4 ſols.

A PARIS,

Chez la veuve DUCHESNE, Libraire, rue S. Jacques, au Temple du Goût.

M. DCC. LXXVII.

PERSONNAGES.

GABRIELLE,	*Mde. Dugazon.*
COUTEL,	*M. Suin.*
SANS-SOUCI,	*M. Michu.*
PIERRETTE,	*Mlle. Dufayel.*
BERNIC,	*M. Trial.*
FRICFRAC,	*M. Narbonne.*

La Scène est à Passi dans la Maison de Coutel.

GABRIELLE

DE PASSI,

PARODIE.

SCENE PREMIERE.

BERNIC, FRICFRAC.

BERNIC.

QUE vois-je ? Fricfrac !

FRICFRAC.

Bernic !

BERNIC.

Oui, c'est moi-même. Mais je t'ai cru déja.... canonné.

FRICFRAC.

Non, ma foi, je me bats sagement. La valeur

a tort quelquefois : car tu conviendras que dans le fond mourir c'eſt déſerter.

Air : Bouchez, Nayades, vos fontaines.

> Avant qu'elle nous ſoit ravie,
> Qu'on eſt fou de quitter la vie !
> C'eſt un mal dont on peut guérir ;
> Plus d'un moyen nous en délivre :
> Un vivant peut toujours mourir ;
> Jamais un mort ne peut revivre.

BERNIC.

C'eſt fort bien raiſonné. Mais dis-moi : qu'as-tu fait du brave Sans-Souci, ton Caporal ? Nés à Paſſy tous les deux, on ne vous vit jamais arriver l'un ſans l'autre. Eſt-il malade ?

FRICFRAC.

Oh ! non, il eſt mort. Mais toi, que fais-tu ? qu'es-tu ?

BERNIC.

Moi, je viens de prendre un état... grave... Je ſuis avec un homme de ſcience.

FRICFRAC, l'embraſſant.

Ah ! cela me fait bien plaiſir, mon cher Bernic.

BERNIC.

On ne peut pas toujours s'amuſer à la bagatelle.

Air : Tant de valeur & tant de charmes.

> De gens d'eſprit je ferai tige ;
> Changeons de mœurs comme d'état ;
> J'étois ſot , je deviendrai fat ;
> Car il faut bien qu'on ſe corrige.

FRICFRAC.

Oh ça ! quelle eſt donc la profeſſion de celui chez qui tu travailles ? quelle eſt ſa ſcience ?

BERNIC.

Il eſt.... Anatomiſte?

FRICFRAC.

Anatomiſte ?

BERNIC.

Oui, il ſçait à fonds l'Anatomie ; & nous nous amuſons à diſſéquer.

FRICFRAC.

Ah ! ah ! cela me paroît drôle. A Paſſy ? & vous trouvez des gens à diſſéquer ?

BERNIC.

Des gens ? Non, ce n'eſt pas des gens que nous diſſéquons.

FRICFRAC.

Bon ! & quoi donc ?

BERNIC.

Des veaux, des moutons....

FRICFRAC (*riant*).

Ah ! j'entends : Et dis-moi : es-tu content de ton Anatomiſte ?

BERNIC.

Oui. Nous vivons aſſez bien, quoiqu'à te dire vrai, il ne ſoit pas facile à vivre. Tout petit, tout petit, c'étoit déja un diable.

A iij

Air : *Ton himeur eſt Catherene.*

Lorſqu'il tétoit ſa nourrice,
On prétend qu'il l'a mordoit ;
Pour jeu , pour tout exercice,
A la lutte , il excelloit ;
Il y faiſoit des miracles ;
Et ce brave Jouvenceau
N'aimoit de tous nos Spectacles ,
Que le Combat du Taureau.

FRICFRAC.

Oui , je vois ; il aime les plaiſirs doux.

BERNIC.

Et ajouté un poignet de fer. Enfin ,

Air : *Si vous aviez connu M. de Catinat.*

Chez ſes meilleurs amis on craint ſa belle humeur ;
En jouant avec vous , ſon ſouris vous fait peur ;
Sa voix vous fait trembler , en vous parlant tout bas ;
S'il vous touche la main , il voüs diſloque un bras.

FRICFRAC.

Peſte ! Et ſon nom ?

BERNIC.

Coutel.

FRICFRAC.

Coutel ? Et c'eſt chez lui que je viens.

BERNIC.

Bon ! Et qu'y viens-tu faire ?

FRICFRAC.

Je viens rémettre à ſa femme une lettre

écrite par le pauvre Sans-Souci , écrite avant
fa mort, s’entend. . . . Mais je ne fais fi je fais
fagement de te confier. . . .

BERNIC.

Comment ! doutes - tu de notre vieille
amitié ? Je vois bien que nous avons befoin de
la renouveller. Va m’attendre au cabaret.

FRICFRAC.

Du fecret au moins.

BERNIC.

Ne crains rien ; va , dis-je ; auffi-bien je croi
entendre. . . .

SCENE II.

COUTEL, BERNIC.

BERNIC.

Eh bien , notre Maître , qu’eft ceci ?

Air : *Quand un Tendron vient dans ces lieux.*

Jamais vous ne vous égayez ;
　　Vous grondez à toute heure ;
Et fi par hazard vous riez ,
　　C’eft de l’air dont on pleure.
On fe doute , fans être fin ,
　　De quelque chagrin
　　Qui vous tient là ,
Oh ! oh ! ah ! ah ! ah !
Ah ! ah ! ah ! ah !

Faut pas êt' grand forcier pour çà ,
Lon là.

Vous vous levez de grand matin,
Ayant femme jolie :
Un tiers d'eau pâlit votre vin ,
Au milieu d'une orgie :
On fe doute , fans être fin ,
De quelque chagrin ,
Qui vous tient là ,
Oh ! oh ! ah ! ah ! ah !
Ah ! ah ! ah ! ah !
Faut pas êt' grand forcier pour çà ,
Lon là.

COUTEL (*gravement*).

Voici le moment des fémeftres.

BERNIC.

Eh bien ! tant mieux ! nouveaux profits.

COUTEL (*de même*).

Maudit fémeftre !

BERNIC.

Comment diable ! c'eft-là ce qui vous cha-
grine ?

COUTEL (*toujours gravement.*)

Pourquoi faut-il qu'il y ait des fémeftres !

BERNIC.

Je ne vous comprends pas. Quel rapport y
a-t-il ? ...

COUTEL.

« Je vais découvrir
» Des horreurs que je brûle .... & crains d'approfondir ».

Apprends que Sans-Souci aimoit ma femme &
que ma femme . . . . aimoit Sans-Souci.

BERNIC (*à part*).

Il le croit en vie ; gardons - nous de jaſer.
(*haut*). Le cas eſt grave; mais ſavez-vous ſi.....
Croyez-vous que.... là....

COUTEL.

Non, je n'en ſuis pas ſûr .... ſi je l'étois !...
écoute.

BERNIC.

Oui , Monſieur ; je ne ſuis ici que pour cela;
je ſuis un confident.

COUTEL.

L'an paſſé , comme il alloit joindre ſon Régiment, ma femme étoit bien malade : croirois-
tu que le drôle oſa furtivement s'introduire
chez moi ? il ſe gliſſa dans la chambre de Gabrielle ; & on le ſurprit.

Air : *Vous m'entendez bien.*

Je n'en dis rien; car en effet ,
Je ne fais point ce qu'il a fait :
Mais une choſe claire ,

BERNIC.

Hé bien?

COUTEL.

C'eſt qu'il vouloit me faire....
Vous m'entendez bien.

BERNIC.

Je crains bien en effet que ce ſémeſtre ne
cauſe ici du remue-ménage.

COUTEL.

Non, non ; pourvu que dans tout ceci Gabrielle ne foit pour rien, je me contenterai d'affommer Sans-Souci.

BERNIC.

Oh ! je connois votre modération.

COUTEL.

Mais fi ma femme eft fa complice, ah ! tête !... ah ! mort !... Tu fais que j'en fuis fou ; mais je l'écharpe ; je la.... (*Prenant tout à coup un air tendre*) Va-t-en ; la voici.

SCENE III.

GABRIELLE, COUTEL.

COUTEL (*tendrement*).

E H bien ! ma chere Gabrielle, comment cela va-t-il ?

GABRIELLE, *en foupirant.*

Mal.

COUTEL.

Je crois, mon enfant, que le Docteur qui vous voit n'eft pas celui qui pourroit vous guérir. Pour moi je travaille en vain pour vous plaire.

Air : *L'autre jour le biau Colas.*

S'il vous prend un mal foudain,
Pour vous, mon cœur, je m'alite ;
Si vos vapeurs vont leur train,
Ma migraine vient bien vîte.

Trifte ou gai, je fuis vos pas.....
Mon p'tit cœur, vous n'maimez gueres ;
Car tout çà n'vous touche pas,
Hélas ! vous n'm'aimez pas.

GABRIELLE.

Ah : *Le connois-tu , ma chère Eléonore ?*
Ah ! Vous voilà , toujours Martel en tête !
Mais , dites-moi, dè quoi vous plaignez-vous ?
N'ai-je donc pas, toujours en femme honnête,
Chéri, choyé, careffé mon époux ?

COUTEL.

Belle raifon , ma foi !

Méme Air :

Un doux fourire , une careffe même ,
Prouvent fouvent notre honneur offenfé ;
Par fois on gronde un époux que l'on aime,
Celui qu'on trompe eft toujouis caieffé.

Mais vous-même , que me reprochez-vous ?

GABRIELLE.
Rien.

COUTEL.

Je fuis un peu brutal, il eft vrai ; mais , comme vous favez,

Air : *Des fimples jeux de mon enfance.*

En moins de rien , je me mutine ,
Je m'appaife à propos de rien ;
Toute ma rage fe termine,
Par dire que je t'aime bien.
Ah ! Tu fais trop que de mes crifes
Je reviens affez brufquement ;
Je commence par des fottifes,
Je finis par un compliment.

GABRIELLE.

Il eſt vrai ; mais comment , avec ma petite ſanté , puis-je répondre à votre amour ? Ne vous flattez pas, je me meurs ; vous ſerez bientôt veuf, M. Coutel.

COUTEL.

Ah ! j'aurais gagé que ce refrain n'étoit pas loin. Quand une femme n'a plus rien à vous répondre, il faut bien qu'elle ſe meure. A la bonne heure ; je ne vous contrarîrai dans aucun tems :

» Coutel, s'il eût jamais voulu parler en maître ,

» Eut commandé l'amour. . . . mais l'amour ne peut l'être.

Vous conviendrez que pour un homme un peu bruſque & auſſi jaloux, cela eſt aſſez galamment tourné. Adieu, je ſors pour un moment.

SCENE IV.

GABRIELLE, PIERRETTE.

GABRIELLE.

AH ! Pierrette ! . . . . Ah ! mon père ! quel amant vous m'avez ôté, & pour quel époux !

PIERRETTE

Encore un époux, c'eſt quelque choſe ; mais moi, qui avais un amant, & à qui mon père ne veut laiſſer ni amant ni époux.

GABRIELLE.

Air : *Toujours toujours , il est toujours , le même.*

Toujours, toujours, ces pères font de même.

PIERRETTE.

Il faut, ma foi ,
Leur céder malgré foi.

GABRIELLE.

Mais voyez donc pourquoi ,
Vouloir malgré moi-même ,
Me rendre femme ? & toi ?....

PIERRETTE.

Moi, fille malgré moi !

ENSEMBLE.

Toujours , toujours , ces pères font de même.

GABRIELLE.

Toujours , toujours , ces pères font de même.

PIERRETTE.

On nous défait
Ce que nous avons fait.

GABRIELLE.

Et toujours leur projet,
Croife notre fyftême.

PIERRETTE.

Oter celui qui plaît.

GABRIELLE.

Donner celui qu'on hait.

ENSEMBLE.

Toujours , toujours , ces pères font de même.

PIERRETTE.

Il y a bien long tems que le devoir des enfans eft d'obéir à leurs pères ; je voudrois bien que la mode vint un jour que les pères obéiffent aux enfans.

GABRIELLE.

Que vois-je ? Fricfrac ? l'ami de Sans-Souci !

SCENE V.

GABRIELLE, PIERRETTE, FRICFRAC.

GABRIELLE.

Air : *Sous un ombrage frais, fait exprès.*

Comment ! tu viens chez moi ?

FRICFRAC.

Point d'effroi.
· Il le fait , Madamé.

GABRIELLE.

Eh ! Qui ?

FRICFRAC.

Lui.

GABRIELLE.

Et qui donc , lui ?

FRICFRAC.

Parbleu ! le mari.
N'appréhendez , quand je vien ,
Rien.

GABRIELLE.

Quel trait hardi !

FRICFRAC.

Mais il le fait, je vous di.
Je l'ai vu là.

GABRIELLE.

Non, je ne crois pas cela.
S'il vient, c'eft fait de toi,
Et de moi.
Va, fois bien fûr de ce point....

FRICFRAC.

Point.
Quand je vous dis qu'il me permet de vous
voir?

GABRIELLE.

Mais il ne le doit pas.

FRICFRAC.

Vous avez raifon : me connoiffant pour l'ami
de Sans-Souci & du caractère dont il eft, il ne
devroit pas me permettre de vous entretenir en
fon abfence ; mais ce font-là fes affaires, faifons
les nôtres. (*Prenant un ton larmoyant.*) Ça,
vous ne favez pas ?

GABRIELLE.

Non.

FRICFRAC.

Vous connoiffiez bien Sans-Souci ?

GABRIELLE.

Pierrette ! Quel nom a-t'il prononcé ! (*à Fricfrac*)
Eh bien ?

FRICFRAC (*jettant un cri.*)

Eh bien, il eſt mort.

GABRIELLE.

Il eſt mort!

FRICFRAC.

Oh! bien mort.

Air : *Ce que je dis eſt la vérité même.*

Ce que je dis eſt la vérité même,
 Il a péri dans les combats ;
Ainſi s'en vont les amans que l'on aime,
 Et les maris nous reſtent ſur les bras.

Mais elle ſe trouve mal. Au ſecours, vîte au ſecours!

GABRIELLE (*à qui Pierrette préſente un flacon.*)

Me voilà mieux. Garde ton eau de Cologne, ma chère couſine ; certain preſſentiment me dit que nous en aurons grand beſoin au dénouement. Allons, Fricfrac ; fais donc ton récit.

FRICFRAC (*tragiquement.*)

Nous étions dans la mêlée .... Là, vous m'entendez bien, la mêlée des chevaux, des canons, des fuſils, des bayonettes, des ſabres.... Il tombe à mes côtés.... je veux le relever : il n'eſt pas néceſſaire, me dit-il ; écoute. Il me prend comme cela par la main ;

» Je crois le voir, Madame, il eſt devant mes yeux ;

(*il fait des contorſions.*) c'eſt lui, je le vois .... Un moment! que je me remette ....M'y voilà. Il me dit : Fricfrac, mon cher Fricfrac! je vais mourir. Quels adieux faire à ma chère Gabrielle ? quel hommage ?... Conſeille-moi ; rai-
ſonnons

fonnons enfemble. Qu'y a-t'il de plus cher aux
amans ? Quelle eft la chofe dont il font le plus
de cas ? C'eft le cœur, mon cher Fricfrac ; ne
vois-tu pas en effet qu'ils difent fans ceffe :
*mon cœur ! je vous donne mon cœur ! vous vivrez
dans mon cœur!* Eh bien ; il me vient une idée,
tendre, amoureufe.... & nouvelle. Dès que je
ferai mort,

» Dans mon corps expiré, ta main prendra mon cœur,

Et tu l'iras porter de ma part à Gabrielle;

(*Bien gracieufement.*)
» Je charge l'amitié de le rendre à l'amour.

Après ce Madrigal, affez joli, je penfe, pour un
agonifant, il s'eft mis à chanter, car vous favez
qu'il a toujours eu du goût pour la mufique.

Air : *Tiens, voilà ma pipe.*

Ami, le tems preffe ;

Fuis ces triftes lieux ;

Porte à ma maîtreffe

Ce cœur pour adieux :

En toi, je lui garde

Un confolateur :

Mais, prends-y bien garde,

Point de fucceffeur.

P I E R R E T T E.

Ah Dieu ! il me perce le cœur.

G A B R I E L L E.

Ah ! tendre Sans-Souci !... Reprends donc
ton récit douloureux.

F R I C F R A C.

Après cela, il a demandé une plume pour
écrire ce billet qu'il m'a chargé de vous rendre.

GABRIELLE (*lifant le billet.*)

» Je meurs ; mon ame vit à jamais pour t'aimer ;
» J'arrache au fein des morts fa dépouille mortelle,
» Ce cœur que pour toi feule, elle dût animer.

Ah ! ma chère Pierrette ! vois comme l'amour l'animoit encore dans ces derniers momens ! Quel langage paffionné ! Il arrache à la mort fon cœur.... (*pathétiquement*) qui eft la dé- pouille de fon ame ! Ah ! Dieu ! a-t-on jamais exprimé l'amour fi amoureufement?... mais finis ton récit, ou donne ton préfent.

FRICFRAC.

Madame , apprenez un autre évènement :

Air : *Des fraifes.*

L'ennemi revient à nous ,
De plus belle, on féraille ;
Et la trompette en courroux ,
Vient crier autour de nous :
Bataille ! Bataille ! Bataille !

(*En pleurant.*)
J'ai été forcé de quitter la place ; je fuis parti....
& je lui ai laiffé fon cœur. Ainfi il eft mort, fans avoir la trifte fatisfaction qu'il attendoit.

GABRIELLE.

Ah ! du moins ce cœur m'auroit confolée. Ce cœur !... pourquoi le fort m'a-t-il envié ce cœur ? Va, digne ami de mon amant, mon ami- tié t'eft bien due ; va, dans mon teftament je me fouviendrai de toi.

FRICFRAC.

Adieu, Madame.

SCENE VI.

GABRIELLE, PIERRETTE.

GABRIELLE.

Ah ! Dieu ! fi chacun ici bas a fon étoile, ah ! quelle étoile que la mienne !

PIERRETTE.

Air : *Il vous faudroit un bifcuit.*

Ma p'tite coufine,

Je vois vot' douleur ;

Il vous faudroit un p'tit cœur,

Pour vous, pour vous, pour vous remettre,

Il vous faudroit un p'tit cœur,

Pour vous remettre en belle humeur.

GABRIELLE.

Adorable Sans-Souci ! tu m'envoyois ton cœur ! J'en ai frémi, quand je l'ai cru auprès de moi ; & je le regrete, je le pleure à préfent.

Air : *Vive le vin, &c.*

Ce cœur froid, qui ne fent plus rien,

Je l'aurois pofé fur le mien,

Il eut recouvré l'exiftence ;

Nous aurions fçu tromper l'abfence,

Et nos ennuis feroient charmés :

Nos cœurs ainfi l'un par l'autre animés,

Auroient vécu d'intelligence.

Va-t'en, laiffe-moi, Pierrette ; je ne veux garder auprès de moi que l'idée de mon cher Sans-Souci. Relifons ce tendre billet. (*Elle relit.*)

SCENE VII.

COUTEL, GABRIELLE.

COUTEL (*dans la couliſſe.*)

Non, je veux la voir.... O tonnerre ! un billet ? un billet dans ſes mains !

GABRIELLE (*bas.*)

Je ſuis priſe.

COUTEL (*ſe jettant ſur la lettre.*)

Donne, épouſe coupable.... & ſurtout maladroite : j'ai fait aſſez de bruit en arrivant pour vous donner le tems de cacher votre billet. (*Jettant les yeux ſur le billet.*) Sans-Souci !

GABRIELLE.

Que pourrai-je lui dire ?

COUTEL.

Pourquoi faut-il qu'on apprenne à lire & à écrire aux femmes !

Air : *De tous les Capucins du monde.*

Nous pienons pour nos écolières,
Celles qui tiennent nos liſières ;
L'eſprit leur arrive au galop ;
Nature, ſans nous les inſpire ;
Elles en ſavent déjà trop,
Avant qu'on ſonge à les inſtruire.

Mais liſons le billet, (*Il lit, & après avoir*

lu) O rage! ô défefpoir! Tu mourras de ma main. On n'écrit pas de pareils billets fans être aimé.

GABRIELLE (*bas.*)

Il faut fauter le foffé. (*haut.*) Oui, Seigneur, il l'étoit; ma mère me le deftina dès l'âge le plus tendre; elle mourut; elle eut tort de mourir, car elle eut empêché mon mariage. Mon père qui eft têtu, comme vous favez, m'a contrainte à vous prendre pour époux; j'ai obei: que veut-on de plus? Mon père m'a commandé de vous époufer, je vous ai époufé; il ne m'a pas commandé de vous aimer; je ne vous ai point aimé.

COUTEL.

Elle me paraît raifonner affez bien. Mais, Sans-Souci, vous l'aimez encore?

GABRIELLE.

Il eft vrai; ah! il l'a fi bien mérité. Il m'a plu, vous m'avez déplu; mais, que fait-on, peut-être viendra-t'il un jour où je pourrai vous aimer tous deux à-la-fois; cela ne ferait pas fans exemple. En attendant, je fais mon devoir.

Air : *Le cœur de mon Annette.*

Pour vous mettre en colère,
Quel eft donc mon forfait?
J'ai defiré de faire
Ce que je n'ai point fait;
Eh! mais oui-dà,
Comment peut-on trouver du mal à çà!

Quand votre amour eft tendre,
Je fais le couronner,

Mon cœur vous laiffe prendre
Ce qu'il voudroit donner ;
Eh ! mais oui-dà ,
Comment peut-on trouver du mal à çà ?

COUTEL.

Elle a prefque raifon.

GABRIELLE.

D'ailleurs, vous favez fi devant vous il m'échappe le moindre murmure. Mon père feul eut tort ; je n'en veux qu'à lui. Je me plains, je vous plains, je me plains de mon père.

COUTEL (*attendri.*)

Elle me fend le cœur. Je me jette à vos pieds. Que veux tu ? mon feul crime eft d'être jaloux; j'en fuis fâché ; je t'en demande pardon. Ma chère femme ! mon petit cœur ! mon tout ! je te pardonne, je t'aime, je t'adore. Ah ! donnemoi ta main ? que je la baife & rebaife. Que je lui fais bon gré ! qu'il a bien fait de mourir ! c'eft la plus belle action de fa vie que d'être mort.

GABRIELLE.

Hélas ! Coutel ! Ah Dieu ! comme votre cœur m'aimoit !

Air : *De la Baronne.*

C'eft bien dommage,
Que l'Amour vous donne un Rival !
Vous parlez fi bien fon langage !
Pourquoi l'infpirez-vous fi mal ?
C'eft bien dommage !

COUTEL.

Ma chère Gabrielle !

GABRIELLE.

Coutel ! (*Elle se jette dans ses bras.*) je sais que je ne vous offre que ce que je ne peux donner à Sans-Souci ; mais que voulez-vous, Coutel ? je voudrois que vous eussiez été aussi aimable que Sans-Souci.

COUTEL (*avec transport*).

Tu m'enivres de plaisir, ma tendre Gabrielle. Adieu ; je suis plus content & plus heureux qu'un Monarque :

» Car le don de ton cœur suit le don de ta foi.

GABRIELLE.

Je n'ai pas dit cela.

COUTEL.

N'importe, je le crois. Adieu , va, je te suis ; mon cœur, va m'attendre , va.

SCENE VIII.

COUTEL, BERNIC.

COUTEL.

Eh bien ! qu'eſt-ce, Bernic ?

BERNIC.

Sans-Souci n'eſt point mort ; il vient, dit-on, d'arriver dans Paſſy. Il faudroit s'informer....

COUTEL.

Air : Allarmez-vous.

Quoi! s'informer ! Tu me la bailles belle !
Il ne s'agit ici que d'aſſommer.

BERNIC.

Eh ! qui, Monſieur ?

COUTEL.

Sans-Souci, Gabrielle,
Pour les guérir de la rage d'aimer.

BERNIC.

Ah ! Ciel ! dans quelle fureur je vous vois !
Ah ! daignez....

COUTEL.

Tais-toi. Si à dix lieues à la ronde je ne mets tout ſans deſſus deſſous, je veux être écorché vif par mes propres élèves ; je veux qu'enfermé dans un tonneau tout hériſſé de couteaux bien

affilés, on me faffe rouler tout un jour du haut
en bas de la montagne des Bons-Hommes ; je
veux ....

BERNIC.

Vous me faites trembler.

COUTEL.

Je fuis trahi ! malheur à tout le genre-hu-
humain.

SCENE IX.

BERNIC (feul.)

DIABLE ! comme il y va !
Air : La faridondaine.
Quoique je fois fort bien céans,
J'aurois grand tort de rire ;
Je prendrois affez mal mon tems,
Pour l'aller contredire ;
Car, mon cher maître, fans façon,
La faridondaine, la faridondon,
Pourroit traiter fon favori,
Biribi,
A la façon de Barbari,
Mon ami.

Il faut pourtant ici travailler de tête, & empêcher les voies de fait de Coutel... J'entends...
Que vient faire ici Gabrielle ? Mais, belle demande ! Ne fais-je pas que dans cette maifon
les gens entrent & fortent, fans qu'on fache
pourquoi. Laiffons-la ; car elle aime à parler
fouvent feule & long-tems.

SCENE X.

GABRIELLE, SANS-SOUCI.

GABRIELLE (*à part.*)

N'EST-CE pas-là un cœur! Je vois des cœurs partout.

SANS-SOUCI (*à part.*)

Je viens voir Gabrielle dans son ménage. Elle ne m'attend point, d'après le récit.... Ciel! la voilà.

GABRIELLE (*à part.*)

Quel souvenir vient s'emparer de moi!

SANS-SOUCI (*à part.*)

Elle est un peu changée ; mais sa pâleur est mon ouvrage, & je l'en aime davantage.

GABRIELLE.

Air : *Vas-t-en voir s'ils viennent, Jean.*

C'est en ce lieu que souvent
Il vint me surprendre ;
Mais en vain dorénavant,
J'y viendrois l'attendre....
Va-t-en voir s'ils viennent, Jean,
Va-t-en voir s'ils viennent.

SANS-SOUCI (*à part.*)

Quelle douleur attendrissante !.... Abordons-la.

GABRIELLE.

Dieu ! quel fon de voix ai - je entendu ?
(*l'appercevant, elle jette les hauts cris.*) Quel
objet !

SANS-SOUCI.

Gabrielle !

GABRIELLE (*effrayée.*)

Chère ombre, n'approche pas.

Air : *Le Port Mahon eſt pris.*

Chère Ombre, éloigne-toi.

SANS-SOUCI.

Ouvre les yeux ; c'eſt moi.

GABRIELLE.

Épargne Gabrielle. ·

SANS-SOUCI.

Raſſure-toi ; je reviens pour elle.

GABRIELLE.

Va, mon cœur t'eſt fidèle.
Je t'ai manqué de foi
 Malgré moi,
 Malgré moi,
 Malgré moi.

Va-t-en, chère Ombre, hélas !
Ah! ne m'étrangle pas.

SANS-SOUCI.

Raſſure-toi, ma chère.

GABIELLE.

Va-t-en, chere Ombre, étrangler mon père;

Lui feul a fait l'affaire :
Il a donné ma foi
Malgré moi ,
Malgré moi,
Malgré moi.

S A N S - S O U C I.

Ouvre les yeux, te dis-je ; c'eft moi-même ;
je ne fuis pas une ombre ; donne ta main.

G A B R I E L L E (*pouffant un foupir.*)

Il eft donc vrai ?

S A N S - S O U C I.

Oui , ma chère Gabrielle !

G A B R I E L L E (*bien tendrement.*)

Ah Dieu ! … & ton cœur eft-il ? …

S A N S - S O U C I *de même.*

Mon cœur eft toujours là.

» Ce cœur refpire , il vit, il brûle encor pour toi.

G A B R I E L L E (*avec vivacité.*)

Quoi ! c'eft mon cher Sans-Souci ! Tendre
Sans-Souci ! je ne me poffède pas ; je fuis dans
une ivreffe.… Dieu, quel eft mon bonheur !
Je t'aimai, tu m'aimas, je t'aime, tu m'aimes ;
je t'aimerai toujours , toujours tu m'aimeras.

S A N S - S O U C I.

Attends, ma chère Gabrielle , ménage-moi ;
trop de joie.… je crains de mourir.

G A B R I E L L E.

Eh ! mourons, mon cher Sans-Souci , mourons de joie.... mais un moment ; il eſt tems d'y ſonger : fais-je bien, quand Coutel eſt mon époux, de t'écouter, de te parler d'amour ?

Air : *Des folies d'Eſpagne.*

L'Hymen, l'Amour ont des avis contraires ;
Avant l'Hymen, l'Amour ſans doute eſt né ;
Mais aujourd'hui les rangs ſont des chimères,
Et le cadet veut régenter l'aîné.

Sans-Souci, j'ai envie de te dire un mot de co-lère pour ſatisfaire à mon honneur, afin de t'en dire enſuite cent de tendreſſe, pour ſatisfaire à mon amour. Téméraire ! que viens-tu faire ici ?... Cruel !...

SANS-SOUCI.

Moi, cruel !....

GABRIELLE.

Non, mon cher Sans-Souci, non, tu n'es pas un cruel ; c'eſt mon honneur qui parlait, mais mon honneur ne fait ce qu'il dit. Mon ami, ne crains-tu pas pour tes jours ? Coutel !...

SANS-SOUCI.

On vient de me dire qu'il eſt parti tout-à-l'heure pour Chaillot.

GABRIELLE.

Eſt-il bien vrai ?

SANS-SOUCI.

Vas, ne crains rien.

Air : *Ah, Monſeigneur ! ah, Monſeigneur ?*

Ne connois-tu pas ton époux ?
Il eſt ſoupçonneux & jaloux ;

Il veille & fait veiller fur toi,
Et, toujours trompé malgré foi,
Son œil ici, tu le fais bien,
Regarde tout & ne voit rien.

GABRIELLE (*tendrement.*)

N'importe, adieu : ne reviens plus, mon ami, ni mort, ni vivant.

Air : *La Tanture lurette.*

Va-t-en, mon cher Sans-Souci ;
Va, laiffe-moi feule ici :
Crois que mon cœur te regrette
Ture lurette,
Te regrette,
La tanture lurette.

SANS-SOUCI.

Gabrielle !

GABRIELLE.

Je te connois, tu ferois capable d'aller voir deux fois en un jour ta maîtreffe chez fon mari, &, en vérité, c'eft abufer de la permiffion.

SANS-SOUCI (*naïvement.*)

Il eft vrai, Gabrielle.

GABRIELLE.

Ah Dieu! nous fommes perdus. Coutel !...

SCENE XI.

GABRIELLE, SANS-SOUCI, COUTEL, BERNIC.

COUTEL.

AH! ah! je vous y prends!

SANS-SOUCI (*se défendant avec son épée.*)

Oui, c'est moi-même.

COUTEL (*d'un coup de son bâton lui fait tomber son épée que Bernic ramasse.*)

> Air : *Turelu tu tu rengaîne.*
> Ta perte est certaine,
> Monsieur mon rival,
> L'amour qui t'amène
> S'en trouvera mal,
>> Caporal !
> Turlu tutu rangaîne, rangaîne, rangaîne.

Ah ! Seigneur de Sans-Souci, vous vouliez m'en donner! il t'en cuira, sur ma parole. Bernic, m'as tu défait de Fricfrac ?

BERNIC.

Oui, Monsieur, je me flatte que vous ne le verrez plus ; (*à part.*) car je l'ai caché jusqu'à nouvel ordre.

SANS-SOUCI.

Quoi ! Fricfrac est mort !

GABRIELLE.

Ciel !

SANS-SOUCI.

Quoi ! il n'eft plus ! mon meilleur ami !

COUTEL.

Air : *Des Pendus.*

Oui, le meilleur de tes amis :
Au trébuchet le voilà pris.
Si ce Courier-là te feconde,
Ce ne fera qu'en l'autre monde ;
Car c'en eft fait, &, Dieu merci,
Il ne court plus dans celui-ci.

SANS-SOUCI.

Ours ! tigre ! léopard ! démon !

COUTEL (*gravement vers la couliffe.*)

Qu'on le faigne.

GABRIELLE.

Arrêtez.

SANS-SOUCI.

Voilà bien un ordre digne de toi. Tu m'é-
gorges quand je fuis fans armes ; fi j'avois eu
à te difputer Gabrielle, je l'aurois fait, les armes à la main.

COUTEL.

Oui ? Eh bien ; pour te prouver que je ne te
crains pas, viens te défendre, viens.

SANS-SOUCI.

» Ah ! ton cœur une fois s'eft montré digne d'elle. »

GABRIELLE

SCENE XII.

GABRIELLE (*seule.*)

Ils vont se battre. Ah! ce combat sera toujours malheureux pour moi. Si Coutel est vain-
queur, je n'aurai plus d'Amant ; si Coutel
est tué.... Dieu!... quelle pensée vient m'ef-
frayer? Et son ombre? moi, qui ai peur des re-
venans?

Air : *Un Soldat par un coup funeste.*

Si la nuit, quelle horrible image !
Revenoit son ombre en courroux ?
Hélas! rien n'est si laid, je gage,
Que l'ombre d'un mari jaloux.
    Que je crains sa furie !
    Ce fier arbitre de mon sort,
S'il est mort sans m'avoir ôté la vie,
    Va me tuer après sa mort.

SCENE XIII.

GABRIELLE, BERNIC.

GABRIELLE.

Eh bien! Coutel.... qu'a-t-il fait ?

BERNIC.

Ah !

C

GABRIELLE.

Eh bien ? ah !

Air : *Ne m'entendez-vous pas ?*

Eh ! de grâce, finis.

BERNIC.

Comme mon cœur palpite !

GABRIELLE.

Va-t-en, ou parle vîte.

BERNIC.

Je tremble ! je frémis !

GABRIELLE.

Ou commence, ou finis.

BERNIC (*d'un air pathétique*).

Hélas ! Sans-Souci....

GABRIELLE (*effrayée*).

Eh bien ?

BERNIC (*d'un air gai*).

Madame, il se porte à merveille. Ils se sont
battus au fusil....

GABRIELLE.

Au fusil ?

BERNIC (*d'un air mystérieux*).

Oui, mais c'est moi qui avois chargé leurs
armes ; & j'avois en votre nom ordonné à
Sans-Souci de faire le mort.

Air : *Des Trembleurs.*

Tous deux s'ajuſtant en face,
Coutel tire avec audace,
Sans-Souci fait la grimace ;
Son viſage ſuit le mien ;
En tombant ſur la verdure,
D'un mort il prend la figure,
Mais ce mort-là , je vous jure,
Se porte encore aſſez bien.

Coutel l'a remis en mes mains..... Mais voici
Coutel lui-même.

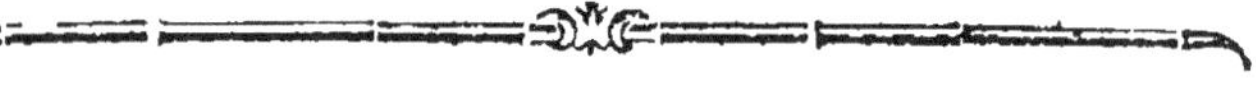

S C E N E   X I V.

COUTEL, GABRIELLE, BERNIÇ.

C O U T E L.

Madame , vous a-t-on dit que Sans-Souci
vouloit vous enlever ?

G A B R I E L L E.

Air : *Vive le Vin , vive l'Amour.*

Comment il oſe concevoir ! ....
Allez , ce téméraire eſpoir
Ne ſera pour lui qu'un beau rêve.
Ah ! je ne crois pas qu'il acheve.
Vraiment , je voudrois bien le voir !
Sans vanité, je ne crois pas avoir
L'air d'une fille qu'on enlève.

COUTEL.

Raſſurez-vous, il ne vous enlevera plus; vous n'avez plus rien à craindre.

GABRIELLE (*avec un cri affecté*).

Il eſt mort ?

COUTEL.

Oui, mais tout de bon pour le coup.

GABRIELLE.

Ah! Dieu!.... Oh ça, Monſieur mon mari, voyons, finiſſons : êtes-vous aſſez vengé ?

COUTEL.

Pas tout-à-fait encore ; il y manque une pe-tite cérémonie , après quoi nous mourrons conjugalement vous & moi.

GABRIELLE.

Quoi! nous mourrons tous deux ?

COUTEL.

Oh! oui ; quand je m'y mets, j'aime à faire toutes mes affaires à la fois.

Air ; *Pour voir un peu comment ç'a f'ra.*

Oui, c'eſt le plus cher de mes ſoins,
D'arranger tout pour ce voyage ;
Nous aurons une fois au moins,
Marché d'accord dans le ménage ;
L'un près de l'autre expirera,
Pour voir un peu comment ç'a f'ra.

Ne me répliquez pas , & ſortez un moment.

SCENE XV.

COUTEL, BERNIC.

COUTEL.

Eh bien, Bernic, qu'en dis-tu ? C'eſt-là, je crois, s'en tirer gaillardement ?

BERNIC.

Oh ! j'en conviens.

Air : *Je ſuis le Barbier du Village.*

Si l'on traitoit ainſi des Belles,
Les Favoris,
Peut-être ils ſeroient auprès d'elles,
moins aguerris,
Et l'on permettroit aux maris
D'être les pères de leurs fils.

COUTEL.

En voilà deux d'expédiés : mais tu n'as pas tout vu.... Ecoute mon projet. Sans-Souci eſt mort ?

BERNIC.

Oui, Monſieur.... mais il ne faut pas prendre cela à la lettre.

C iij

Air : *Charmante Gabrielle.*

Un récit infidèle,
Fait souvent bel effet;
Une fausse nouvelle
Réveille l'intérêt :
En récit, & bien vîte,
On fait souvent
Un mort qu'on ressuscite
Au dénoûment.

COUTEL.

Il me vient une idée. Je veux avant de me tuer; (car tu sçais que j'ai envie de me tuer aussi) je veux punir ma femme d'une maniere toute neuve. Suivons les intentions de Sans-Souci.

BERNIC.

Les intentions de Sans-Souci ?

COUTEL.

Oui; faifons-nous son exécuteur teftamen-taire : il lui envoyoit fon cœur en mourant ; qu'elle le reçoive de ma main.... cela fera tra-gique.

BERNIC.

Son cœur ?

COUTEE.

Oui; fauf à la tuer après, fi nous en avons befoin. Va, Bernic, va exécuter mes ordres.

BERNIC (*faifant un pas, puis revenant*).

Oh ça ! écoutez, Monfieur : quels font-ils vos ordres ?

C O U T E L.

Je veux que ma femme....

B E R N I C.

Oui, je vois ce que vous voulez pour Gabrielle.

Air : Ah, le bel oifeau, Maman !

J'entends un cachot bien noir ;

C O U T E L.

Juftement.

B E R N I C.

Une lampe funéraire ;

C O U T E L.

Bien.

B E R N I C.

Qu'en un vafe on puiffe voir....

C O U T E L.

T'y voilà.

B E R N I C.

Un cœur...

C O U T E L.

Eh! voilà l'affaire.

B E R N I C.

Le joli cadeau vrâîment ,
Que vous prétendez lui faire!
Le joli cadeau vraîment,
Que le cœur de fon amant !

Vous voudriez, en arrivant auprès d'elle , déja tout affaffiné.....

C iv

COUTEL.

C'eſt cela.

BERNIC.

Méme Air.

· Déchirer & proprement ,

COUTEL.

Bon.

BERNIC.

Vos bleſſures devant elle ;

COUTEL.

Eh oui.

BERNIC.

Puis, de peur d'événement ,
Vous poignarder de plus belle ;

Après cela tomber. . . . (*Il fait la pantomime
d'un Héros qui ſe poignarde.*)

COUTEL.

Et voilà tout juſte mon plan, mot pour mot.

BERNIC.

Le joli tableau vraiment,
Que vous ferez avec elle.
Le joli tableau vraiment,
Aux yeux d'un Peuple galant !

COUTEL.

Oh ! ça, tenez ; je vous conſeille de finir
vos affaires un peu plus gaîment. Cette agonie
de Gabrielle feroit un triſte tableau. Il ſor-
tiroit de ce vaſe des convulſions , des éva-
nouiſſemens , des morts ſubites : avec tout

ela , des sanglots , des cris , des ah !... tous les
cflacons ouverts. ...

C O U T E L.

A propos, mon ami, vois-tu, je crois, moi,
que Gabrielle est innocente.

B E R N I C.

Ah! ah! eh! qui vous l'a dit ?

C O U T E L.

Ces choses-là me viennent comme cela tout
d'un coup.

B E R N I C.

En ce cas, avouez que vous avez traité un
peu durement ce pauvre Fricfrac qui n'avoit
que faire là ?

C O U T E L.

Oui ; il est vrai.

B E R N I C.

Et même Sans-Souci. ...

C O U T E L.

Ma foi, oui, j'en suis fâché ; car il y a des
instans, où je suis bon homme.

B E R N I C.

([Air : *Plan ! plan ! plan ! place au Régiment.*

Eh ! bien , Monsieur, en ce cas-là,
Je vais réparer tout cela.

C O U T E L:

Eh ! bien , Bernic , que vas-tu faire ?

B E R N I C.

Tirer ces pauvres gens d'affaire.

J'ai dans mes mains la baguette de la Parodie.

Vous allez voir l'enchantement.

(*Se tournant vers la couliſſe*).

Que tous nos morts en ce moment

Nous rendent leur viſite.

SCENE XVI, & *derniere.*

COUTEL, BERNIC, GABRIELLE, SANS-SOUCI, FRICFRAC, PIERRETTE.

GABRIELLE ET PIERRETTE, SANS - SOUCI ET FRICFRAC, *en arrivant gaîment ſur la ſcene.*

PLAN ! plan ! plan !

Place au régiment

Qui reſſuſcite !

(*Arrivés ſur le devant·de la ſcene , Bernic & Coutel répétent avec tous les autres*) :

Plan ! plan ! plan !

Place au régiment

Qui reſſuſcite !

BERNIC, (*à Coutel*).

A préſent convenez que cela vaut beaucoup mieux.

COUTEL.

Mais.... oui.

BERNIC (*comme avec dégoût.*)

Et que ſans moi vous alliez faire ici une Tragédie..... d'un genre....

COUTEL.

Oui, mon ami.

BERNIC.

Air : *Je voudrois bien me marier.*

Oh ! ça, Messieurs, arrangez vous,
Puisque la paix est faite.

COUTEL.

Moi, je deviendrai bon époux.

SANS-SOUCI.

Moi, je bats en retraite.

GABRIELLE.

Moi, Messieurs, je reste chez nous.

FRICFRAC.

Moi...... j'épouse Pierrette.

PIERRETTE (*frappant dans la main de Fricfrac.*)

Soit : de tout mon cœur.

VAUDEVILLE.

COUTEL.

Air : *Lubin à son mariage.*

Sans prendre un style emphatique,
On peut dire, à la rigueur,
Que cette œuvre dramatique
Est le triomphe du cœur.
Que chacun de vous s'apprête
A redire au moins tout bas :
    Ah ! il n'est point de fête,
    Quand le cœur n'en est pas.

PIERRETTE.

Crésus, grace à sa richesse,
En amour s'il fait un choix,
Peut trouver esprit, jeunesse,
Talens, grace & doux minois;
Tout deviendra sa conquête,
Hors le cœur; &, dans ce cas,
    Ah! il n'est point de fête,
    Quand le cœur n'en est pas.

SANS-SOUCI.

Vive un amant militaire!
Qu'il ait un cœur seulement;
Sans argent & sans Notaire,
Il va faire un testament.
Est-il un legs plus honnête
Que le cœur en pareil cas?
    Ah! il n'est point de fête,
    Quand le cœur n'en est pas.

FRICFRAC.

Un Marchand qui ne s'occupe
Qu'à tromper en tout honneur,
Dans le moment qu'il vous dupe,
Porte la main sur son cœur;
Le geste au moins est honnête,
Si l'action ne l'est pas.
    Ah! il n'est point de fête,
    Quand le cœur n'en est pas.

BERNIC à *Coutel.*

Faites, je vous le conseille,
Un autre usage du cœur;
Le mot plaît à notre oreille;
Mais la chose nous fait peur.
Si, faire une Tragédie,
A pour vous quelques appas :
    Ah! du moins, je vous prie,
    Que le cœur n'en soit pas.

GABRIELLE *au Parterre.*

A la gaîté qui m'inspire,
Si vous daignez vous livrer,
Si Gabrielle fait rire
Autant qu'elle a fait pleurer,
Qu'à l'applaudir on s'apprête
De bon cœur, & non tout bas :
    Ah! il n'est point de fête,
    Quand le cœur n'en est pas.

F I N.

APPROBATION.

J'ai lu, par ordre de Monfieur le Lieutenant Général de Police, Gabrielle de Paffi, Parodie de Gabrielle de Vergy; & je n'y ai rien trouvé qui m'ait paru devoir en empêcher la repréfentation ni l'impreffion. A Paris le 12 Août 1777. SUARD.

Vu l'Approbation. Permis de repréfenter & d'imprimer. A Paris ce 13 Août 1777. LENOIR.

Achevé d'imprimer ce 10 Septembre 1777.

De l'Imprimerie de QUILLAU, Imprimeur de S. A. S. Mgr. le Prince de CONTI , rue du Fouarre.

www.ingramcontent.com/pod-product-compliance
Lightning Source LLC
LaVergne TN
LVHW050111060726
842524LV00003B/1055